Retold in both Spanish and English, the universally loved story *Hansel and Gretel* will delight early readers and older learners alike. The striking illustrations give a new look to this classic tale, and the bilingual text makes it perfect for both home and classroom libraries.

Vuelto a contar en español e inglés, el universalmente querido cuento de *Hansel y Gretel* deleitará por igual a lectores jóvenes y estudiantes adultos. Las llamativas ilustraciones dan nueva vida a este clásico cuento, y el texto bilingüe lo hace perfecto tanto para el hogar como para una biblioteca escolar.

First published in the United States in 2005 by Chronicle Books LLC.

Adaptation © 1995 by Elisabet Abeyà.
Illustrations © 1995 by Cristina Losantos.
Spanish/English text © 2005 by Chronicle Books LLC.
Originally published in Catalan in 1995 by La Galera S.A. Editorial.
All rights reserved.

Bilingual version supervised by SUR Editorial Group, Inc.
English translation by Elizabeth Bell.
Book design by Brooke Johnson.
Typeset in Weiss and Handle Old Style.
Manufactured in Hong Kong.

Library of Congress Cataloging-in-Publication Data

Abeyà, Elisabet.
[Hansel y Gretel. English & Spanish]
Hansel and Gretel = Hansel y Gretel: A Bilingual Book! / adaptation by Elisabet Abeyà; illustrated by Cristina Losantos.
p. cm.
ISBN 0-8118-4793-4 (hc); ISBN 0-8118-4794-2 (pbk)
I. Title: Hansel y Gretel. II. Losantos, Cristina. III. Hänsel und Gretel. IV. Hansel and Gretel. English & Spanish. V. Title.
PZ74.A24 2005
2004017404

Distributed in Canada by Raincoast Books
9050 Shaughnessy Street, Vancouver, British Columbia V6P 6E5

10 9 8 7 6 5 4 3 2 1

Chronicle Books LLC
85 Second Street, San Francisco, California 94105

www.chroniclekids.com

Hansel and Gretel

Hansel y gretel

ADAPTATION BY ELISABET ABEYÀ

ILLUSTRATED BY CRISTINA LOSANTOS

chronicle books · san francisco

Hansel and Gretel lived with their father and stepmother in a small cottage on the edge of a large forest.

One night the father said to his wife, "When this loaf of bread is gone, the four of us will have nothing left to eat and we will starve. What should we do?"

"We have no choice," said his wife, "tomorrow, when we go into the forest to gather firewood, we must leave the children there. We cannot afford to keep them."

Hansel and Gretel overheard this and were very sad.

Hansel y Gretel vivían con su padre y su madrastra en una casita muy pobre al borde de un gran bosque.

Una noche, el padre le dijo a su mujer:

—Cuando se nos acabe este pan, no tendremos nada más que comer, y los cuatro nos moriremos de hambre. ¿Qué podemos hacer?

—No nos queda más remedio —le dijo su esposa—. Mañana, cuando vamos a buscar leña, tendremos que abandonar a los niños en el bosque. No los podemos alimentar.

Hansel y Gretel lo oyeron todo y se entristecieron mucho.

Before he went to bed that night, Hansel slipped outside and filled his pockets with little round stones that glinted in the moonlight.

The next day, he dropped them along the path into the forest.

Esa noche, antes de irse a dormir, Hansel salió y se llenó los bolsillos de piedrecitas redondeadas que brillaban a la luz de la luna.

Al día siguiente, las fue arrojando a lo largo del camino del bosque.

While their parents were gathering firewood, the two children fell asleep in the forest. When they awoke, it was very dark and their parents were gone. But when the full moon rose in the sky, they saw the pebbles Hansel had dropped, and it was easy enough to follow them home.

———～———

Mientras los padres recogían leña los niños se quedaron dormidos en el bosque. Cuando se despertaron, estaba muy oscuro y sus padres no estaban. Pero, en cuanto la luna llena llegó a lo más alto del cielo, vieron los guijarros que Hansel había echado y les resultó muy fácil seguirlos hasta volver a casa.

Time passed and the family's situation grew worse. Once again the stepmother told her husband that they had no choice but to leave the children in the forest. That night too Hansel overheard the conversation. When he tried to go out to gather stones, he found the door locked, and he could not get out. But he managed to slip a piece of bread into his pocket.

Al cabo de un tiempo, la miseria aumentó todavía más en aquella familia. Otra vez la madrastra dijo a su esposo que no había más remedio que abandonar a los niños en el bosque, y aquella noche Hansel también oyó la conversación. Quiso salir de nuevo a recoger piedrecitas, pero la puerta estaba cerrada con llave y no pudo hacerlo. Mas logró esconder en su bolsillo un pedazo de pan.

The next day, as the family walked into the forest, Hansel broke up the bread and dropped the crumbs along the path.

Once again, while their parents gathered firewood, the two children fell asleep. When they woke, they looked for their path home but did not find it, because the birds had eaten all the bread crumbs. The two children were lost in the woods.

Al día siguiente, mientras la familia se adentraba en el bosque, Hansel iba haciendo migajas el pan y las iba arrojando por donde pasaba.

Como antes, mientras los padres recogían leña, los niños se quedaron dormidos. Cuando despertaron, buscaron el camino a casa, pero no lo encontraron, porque los pájaros se habían comido las migajas. Los dos hermanos estaban perdidos en el bosque.

After walking all night and almost all day, they saw a white bird on a branch. It was singing so beautifully that they stopped to listen to it. The bird flew off, and they followed it to a little house.

The house was made of gingerbread, with cake for a roof, sugar for windows, nougat for a door and a chocolate chimney.

Hansel and Gretel tasted everything they liked.

Luego de caminar toda la noche y casi todo el día, vieron un pájaro blanco sobre una rama. Cantaba tan bien que se pararon a escucharlo. El pájaro echó a volar y los fue guiando hasta una casita.

La casita estaba hecha de pan, el tejado de pastel, las ventanas de azúcar, la puerta de turrón y la chimenea de chocolate.

Hansel y Gretel comenzaron a probar todo lo que les apetecía.

Then they heard a voice:

"Little mouse, little mouse,
who is nibbling my house?"
And the children answered:
"The wind, the wind,
it's trying to get in."

They kept on eating as though nothing had happened. The door opened and out came a witch, who invited them to come inside. She prepared them a fine meal and showed them to a nice warm bed.

~

Entonces se oyó una voz que decía:

—Ratita, ratita,
¿quién se come la casita?
Y los niños respondieron:
—El viento, el viento,
que pasa corriendo.

Y continuaron comiendo como si nada hubiera pasado. La puerta se abrió y salió una bruja que los invitó a entrar. Les preparó buena comida y les dejó que se acostaran en una cama muy calentita.

But this was a wicked witch who ate little children. The next day she locked Hansel in the stable and ordered Gretel to do all the household chores: sweeping, mopping and especially cooking rich meals to fatten up her brother.

Pero aquella bruja era mala y se comía a los niños. Al día siguiente, encerró a Hansel en el establo y ordenó a Gretel que hiciera todas las tareas de la casa: barrer, fregar y, sobre todo, hacer buenas comidas para que su hermano engordara.

Every day the witch would go to the stable door and call:

"Hansel, hold out a finger to me.

Let's see if you're thin as you used to be."

Hansel would hold out a little chicken bone he had saved, and when the witch felt it, she would say:

"You're thin as a rail,

all scrawny and pale."

Todos los días la bruja iba a la puerta del establo y decía:

—Pequeño Hansel, muéstrame un dedito.

A ver si aún lo tienes tan delgadito.

Hansel sacaba un huesito de pollo que se había guardado, y cuando la bruja lo tocaba decía:

—Estás muy flacucho,

pequeño y paliducho.

This went on day after day, until the witch lost patience and exclaimed:

"Enough! I'll eat that boy tonight,

even if he only amounts to a single bite!"

But when the old woman went to peer into the oven to see if it was hot enough to roast Hansel, Gretel gave a mighty push and shoved the witch inside. Then she closed the oven door and shouted, "Hansel, we're free!"

Y eso se repetía día tras día, hasta que la bruja perdió la paciencia y exclamó:

—¡Nada! Esta noche me lo como todito,

aunque esté más flaco que un fideíto.

Pero cuando la vieja fue a mirar si el horno estaba caliente para asar en él a Hansel, Gretel le dio un empujón y la tiró dentro. Después cerró la puerta del horno y gritó:

—¡Hansel, somos libres!

The two children filled their pockets with the witch's treasures and ran off through the forest. At last they came to their own house. Their stepmother had died, and their father was overjoyed that his children had come home.

With the witch's treasures, they were able to buy everything they needed for a good long time.

Los dos hermanos se llenaron los bolsillos con los tesoros de la bruja y huyeron al bosque hasta que por fin llegaron a su casa. La madrastra ya había muerto, y el padre se alegró muchísimo al ver que sus hijos habían regresado.

Con los tesoros de la bruja, pudieron comprar todo lo necesario durante mucho, mucho tiempo.

Also in this series:

Cinderella ✦ Goldilocks and the Three Bears ✦ Jack and the Beanstalk ✦ The Little Mermaid

Little Red Riding Hood ✦ The Musicians of Bremen ✦ The Princess and the Pea

Puss in Boots ✦ The Sleeping Beauty ✦ Thumbelina ✦ The Ugly Duckling

También en esta serie:

Cenicienta ✦ Ricitos de Oro y los tres osos ✦ Juan y los frijoles mágicos ✦ La sirenita

Caperucita Roja ✦ Los músicos de Bremen ✦ La princesa y el guisante ✦ El gato con botas

La bella durmiente ✦ Pulgarcita ✦ El patito feo